O MENINO DE TRANÇAS

Editora Appris Ltda.
1.ª Edição - Copyright© 2024 do autor
Direitos de Edição Reservados à Editora Appris Ltda.

Nenhuma parte desta obra poderá ser utilizada indevidamente, sem estar de acordo com a Lei nº 9.610/98. Se incorreções forem encontradas, serão de exclusiva responsabilidade de seus organizadores. Foi realizado o Depósito Legal na Fundação Biblioteca Nacional, de acordo com as Leis nºs 10.994, de 14/12/2004, e 12.192, de 14/01/2010.

Catalogação na Fonte
Elaborado por: Josefina A. S. Guedes
Bibliotecária CRB 9/870

D572m 2024	Diógenes, Saldanha O menino de tranças / Saldanha Diógenes. 1. ed. – Curitiba: Appris, 2024. 40 p. ; 16 cm. ISBN 978-65-250-5687-6 1. Literatura infantojuvenil. 2. Vítimas de assédio. 3. Respeito 4. Adoção. I. Título. CDD – 028.5

FICHA TÉCNICA

EDITORIAL	Augusto V. de A. Coelho
	Sara C. de Andrade Coelho
COMITÊ EDITORIAL	Marli Caetano
	Andréa Barbosa Gouveia - UFPR
	Edmeire C. Pereira - UFPR
	Iraneide da Silva - UFC
	Jacques de Lima Ferreira - UP
SUPERVISOR DA PRODUÇÃO	Renata Cristina Lopes Miccelli
ASSESSORIA EDITORIAL	Miriam Gomes
REVISÃO	Arildo Junior e Alana Cabral
PROJETO GRÁFICO	Renata Cristina Lopes Miccelli
ILUSTRAÇÃO	Bruna Ferraz
REVISÃO DE PROVA	Jibril Keddeh

Appris
editora

Editora e Livraria Appris Ltda.
Av. Manoel Ribas, 2265 – Mercês
Curitiba/PR – CEP: 80810-002
Tel. (41) 3156 - 4731
www.editoraappris.com.br

Printed in Brazil
Impresso no Brasil

Saldanha Diógenes

O MENINO DE TRANÇAS

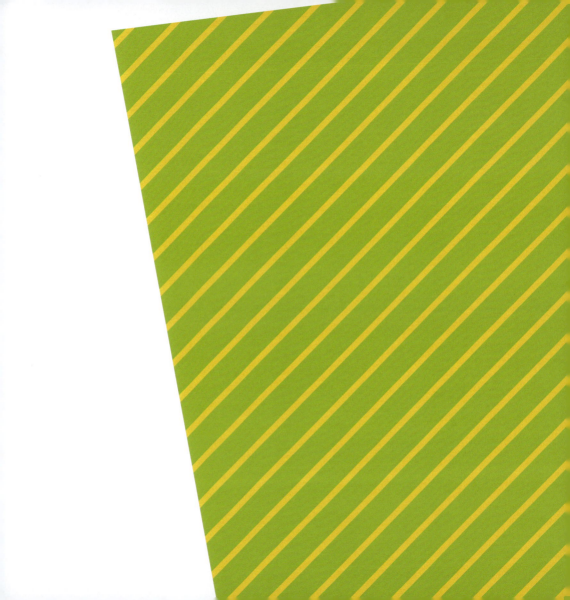

A todas as crianças que, diariamente, sofrem, lutam e superaram os problemas enfrentados pelo bullying.

AGRADECIMENTOS

Agradeço à tia Silvia, à Sayure e à minha família, que impulsionaram meu crescimento no mundo da escrita.
Ao meu sobrinho Adriano, pelo incentivo de publicar esta obra e desenhar os primeiros traços das personagens de "O menino de tranças".

UM MENINO DIFERENTE

Era uma vez um menino que vivia com sua família em um lugar muito distante. Ele cresceu e viveu sob a educação da mãe, aprendendo a respeitar as pessoas e fazendo sempre o que ela ensinara.

Mayon vestia com irritação suas roupas de padre e sua chinela entrançada, enquanto refletia mais uma vez sobre o porquê de se portar tão diferente dos outros meninos daquele lugar. Estava para completar dez anos e carregava consigo essa indagação por mais um ano.

Um dia, cansado de não compreender mais, insistiu para que sua mãe lhe contasse.

— Você estava para nascer, eu já tinha perdido as forças e não tinha mais esperanças de que ainda estivesse vivo. Implorei ao santo para te trazer ao mundo. Pedi com tanta fé que ele ouviu as minhas preces. O parto foi complicado, horas de sofrimento, mas depois de muito esforço, você veio ao mundo. Era um menino lindo! Ainda é muito lindo!

— Pena que eu não me sinto tão lindo assim, minha mãe. Essas roupas, essas sandálias, por dez anos, ninguém merece!

— Filho, é uma promessa!

— Promessa de carregar um cabelo enorme, sem nenhum corte por todo esse tempo?

— Não fique assim com raiva! Falta pouco.

— Não gosto! Isso tudo me incomoda.

Para acomodar todo o cabelo, que crescia rapidamente, a mãe fazia todos os dias as mais belas tranças. Esse belo menino transparecia feições sensíveis e harmônicas. Loiro e com a pele bem rosada, era observado por todos por onde passava.

Para complicar a situação, a mãe dera ao filho um nome meio esquisito: Mayen. Ela dizia que o cartório havia errado ao registrá-lo. Todos da casa o chamavam de Mayon, que, de acordo com a mãe, era o nome de um deus e significava menino bondoso. No entanto, ninguém acertava chamá-lo corretamente. Quando o menino começou a estudar, os problemas vieram à tona. O garoto começou a sofrer bullying por causa do nome e do cabelo e, com frequência, voltava triste para casa.

Mayon passou a sofrer bullying de um garoto que chegou ao lado de sua casa, o Casmurro. Era bem diferente de Mayon, desde que chegou à vila, mostrou ser um poço de crueldade e não perdia a oportunidade de semear o mal. Ele era um menino esquisito que morava com umas pessoas esquisitas. Possuía um olhar arregalado e um nariz de se assustar, uma testa que se emendava com seu cabelo loiro e calvo partido ao meio.

Certo dia, Mayon brincava de bola com os meninos no campinho ao lado. E logo surgiu ao longe um xingamento.

— Ei, "menina"! Vá brincar de bonecas, bola é coisa de homem.

A turma observou e nada fez. O menino de tranças foi pra casa aos prantos. A mãe preocupada, perguntava ao filho o motivo do choro.

— Não foi nada! Eu perdi o gol e os meninos me tiraram do jogo.

— Não fique assim, meu filho. No próximo você consegue. É comum em times grandes o técnico substituir jogadores quando isso acontece.

— Um dia eu vou mudar!

Essa cena aconteceu muitas vezes, e Mayon saia do campo toda vez que alguém o insultava.

BULLYING

O pior aconteceu quando o vizinho foi estudar no mesmo colégio que Mayon. Tudo era motivo de piada e de fazer bullying com a cara dele. Colegas que se juntavam a ele ficavam de motim para agredi-lo. Queriam ver até que ponto ele iria suportar os insultos. Chamavam-no de Rapunzel, de Sansão, de padre e de menina. Os insultos eram grandes e ele não tinha nenhuma reação de combatê-los, de acabar com aquele problema.

Aos poucos, foi deixando de sair na rua, não queria mais brincar e nem ir à escola. As desculpas eram diversas: dor de barriga, febre, indisposição. A verdade é que ele se sentia acuado e tímido com aquela situação.

Certo dia, Casmurro estava a fazer o mesmo com uma menina que possuía uma característica diferente das demais da sua sala. Deram-na apelidos de carequinha, lua cheia, pão carioca, bola de futebol... Tudo porque a menina não tinha cabelos.

Silhueta se isolou da turma, foi para um canto recuado e chorou. Ela não sabia que Mayon a observava.

— Aqueles meninos são chatos! Toma esse lenço!

— Obrigada!

— Você precisa ser forte!

— Prazer, sou a Silhueta e você é o Mayene?

— Mayon, Mayon Militão. Essa é a pronúncia.

Mayon conversava com Silhueta para convencê-la a assistir à última aula. Ficou muito preocupado e chateado com aquela situação, resolveu tirar satisfação ao fim da aula com Casmurro e sua turma.

— Casmurro! O que você fez com Silhueta?! — perguntou Mayon.

— Sansão decidiu proteger a sua amada?

— Ela não é minha amada! É só uma colega de sala e merece respeito.

— Vai tomar as dores da carequinha? Eu vi você enxugando as lágrimas dela.

Casmurro empurrou Mayon contra uma árvore e o derrubou numa vala. Ninguém ajudou. Era de costume naquela comunidade os meninos brigarem, para mostrar sua masculinidade e, às vezes, por banalidades eles se enfrentavam

Os meninos riam da cara de Mayon caído ao chão e com a roupa encharcada. Um deles jogava contra o garoto areia e lixo.

Silhueta se aproximava deles e gritava:

— Parem, seus monstros!

Os meninos riam e puxavam Silhueta pelo braço.

— Se não me soltar, eu juro que te mordo!

Silhueta empurrou Valadão e se protegeu com um lápis.

— Saiam daqui!

A menina deu a mão a Mayon para levantá-lo, enxugando os seus braços ainda molhados de lama. Chegando à sua casa, ferido e sujo, a mãe perguntou:

— O que aconteceu, meu filho?

— Fui empurrado quando brincava na quadra da escola.

Ele tinha receio de contar toda a verdade à mãe, com medo de que ela sofresse ou o tirasse da escola.

O SUSTO

Certo dia, Mayon foi, em cima do seu jumentinho, buscar o gado do avô no roçado quando aconteceu algo inesperado. Valadão, um dos amigos de Casmurro, saiu correndo pela porta com um lençol branco assustando o animal.

— Ai! — gritou ao cair, com um assombro dolorido.

Mayon não teve reação de sequer perguntar o porquê fizeram isso com ele. Chorou e continuou seu percurso. Limpou a terra seca e vermelha do seu corpo na água do riacho. Em casa, ficou com uma sensação de vazio, uma angústia que não preenchia com nada. Em silêncio, nada disse a mãe. Contou apenas para Silhueta.

Por algum tempo, eles se encontravam diariamente e a amizade ia se fortalecendo. Trocavam confidências, segredos e olhares. Construía-se, assim, com muito zelo, uma amizade de proteção. Se for verdade que os opostos se atraem, a diferença entre eles estava no cabelo, pois fora isso, guardavam entre si grandes semelhanças.

Quando os dois se abraçavam, parecia que tudo ficava bem, Mayon cobria com seu cabelo toda a cabeça da amiga. Ela era linda, uma princesa de óculos. De olhos claros, com suas tranças alheias, tranças de um menino loiro!

— Você é um príncipe de natureza doce!

UM VENTO FORTE

Certo dia ao sair da escola, Mayon foi perseguido pelo grupo de Casmurro. O mais valente se aproximou do menino de tranças o insultando. Casmurro o dominava e tentava cortar os cabelos de Mayon, mas só conseguia algumas pontas.

Uma forte ventania surgiu ali do nada, uma poeira subiu levantando um pó de areia caindo nos olhos de cada um. O vento os empurrou para longe quase como se ele dominasse e pudesse dobrá-lo na direção que quisesse

Casmurro, pela primeira vez, sentiu medo e vontade de correr.

Ao chegar à casa machucado e mostrando pedaços de cabelos, que ele mesmo aparou, vitimou-se à sua mãe inventando mentiras a fazendo tirar satisfação com a vizinha.

— Meu filho, coitado! Mostrou o cabelo que perdeu. Casmurro foi agredido.

— Como assim? Mayon aparou o cabelo de Casmurro?

— Eu vi. Ele me mostrou.

Elas não conheciam esse temperamento de Mayon, que sempre foi um menino tranquilo e respeitador.

UM SONHO ESQUISITO

Caiu a noite e com ela veio o sono profundo. Mayon dormia como um anjo. De madrugada, sonhou que alguém conversava com ele, algo referente a seu cabelo. Havia de cumprir uma missão: ajudar alguém, mandamento que a mãe havia ensinado.

— Menino, seu tempo de promessa já se esgotou! É momento de você realizar sua vontade. A promessa está paga.

— Quem é você?

— Alguém que você pode contar. Você precisa cortar seu cabelo. Corte e terás força!

— Como? Eu não posso!

— Eu vou te ajudar, — dizia aquela voz — corte-o e cumpra a sua missão.

Ao acordar, falou à mãe que precisava cortar o cabelo para fazer uma peruca e ajudar a uma colega que não tinha cabelo. Em troca disso, ganharia o poder da força indestrutível e por longos anos protegeria todo aquele que precisasse de sua ajuda.

A mãe desacreditou no sonho esquisito do menino. Achava que era uma desculpa para se livrar do cabelo. Mas quando ficou sozinha, ouviu uma voz sussurrando!

— Você precisa acreditar em seu filho. A promessa está cumprida!

Parecia que estava vendo alucinações, aquilo não era real, aquele vulto iluminado em forma de homem com trajes iguais ao do filho era muita coincidência. Não se tratava de uma voz humana, ele parecia um anjo. Um anjo barbudo e com as feições bondosas.

— Quem é você?

— Sou do bem, vim aqui para ajudar seu filho! Ele precisa de sua ajuda e está falando a verdade.

Sem pensar duas vezes, quando o filho voltou, contou que acreditava nele. Mayon se preparou para o grande momento. Sentou-se num banquinho de madeira, olhou ansioso no espelho e sorriu estonteante. Seu olhar era de felicidade.

Sua mãe pegou com firmeza a tesoura e, sem jeito, foi aparando os primeiros fios, que desciam pela testa. Com cuidado, ela cortava fio a fio que davam sustentação às tranças.

— Que maravilha, mãe!

O menino e a mãe choravam juntos. E mais do que um amontoado de fios de cabelos longos, aquelas tranças representavam o sacrifício de toda uma vida. Anos após anos de chacotas, perguntas e indignação.

A MUDANÇA

Com a aparência renovada, Mayon foi brincar no campinho e logo surgiram as perguntas: "Quem é você"? Cortou o cabelo? Cadê o "Sansão"? "A Rapunzel?".

— Sou Mayon Militão.

Casmurro debochava e assanhava o cabelo mal cortado, mas após tocá-lo sentiu seus dedos endurecidos e paralisados. Valadão que não quis fazer o mesmo despertou a ira do amigo.

Mayon não sabia explicar como aquilo aconteceu.

Casmurro arregalou os olhos, mas não se amedrontou com a mudança de Mayon. Indignado com seu aliado, se juntou ao Duncan, um menino muito mau e cúmplice de Valadão em outras travessuras.

Duncan bolou um plano: roubaria os óculos de Silhueta, que, sem enxergar direito, cairia na armadilha. E sabendo que ela estaria em perigo, Mayon viria salvá-la.

Dito e feito, por meio de um bilhete ele é levado até a gruta onde estava Silhueta e o trio do mal. Ameaçavam a menina se "o Salvador de vestido marrom", não chegasse para salvá-la.

— Você precisa se tratar! Isso é maldade.

Ela mal conseguia falar, a voz estava trêmula e com pouca saliva, a sede apertava.

De longe, Mayon Militão gritava!

— Soltem a menina! É a mim que vocês querem! Estou aqui!

Mayon enfrentava os três. Com a ajuda do vento lutava contra um, contra o outro e deixava caído no chão o terceiro.

O local era íngreme, de difícil acesso, qualquer deslize alguém poderia se dar mal. Não valia o risco. Valadão queria desistir. Percebendo a fraqueza do amigo, Casmurro o empurra contra a parede do penhasco que desaba.

Duncan tenta soltar a menina do penhasco, mas é atingido por um galho de árvore que cai. Casmurro insiste em lutar, mas com a fúria da natureza e com medo de ficar só, decide se render.

— Pensei que íamos morrer — agradecia a menina.

— Não ia deixar você sozinha!

O CASTELO

— Me conta um pouco mais de você — pedia o menino com um ar de curiosidade.

— Vou contar uma história. Um dia saindo da escola, com a barriga roncando de fome, me deparei com um mundo desconhecido. Um belo castelo!

— Nossa! Como assim um mundo desconhecido? Um castelo?

— Ao chegar nesse local, um portal se abria. Eu caminhava por entre enormes mesas fartas, serviram-me todos os tipos de comidas. Pessoas sorriam para mim e me davam presentes. Ao longe, a alguns minutos do início do portal, já distante do piquenique, uma senhora apresentava um pouco mais do lugar. Havia uma cachoeira e do outro lado eu ia ao encontro de um garoto muito parecido com você.

— Nossa você está falando sério!

— Sim.

— Quanto mistério! Que história é essa, Silhueta?

Ele trazia uma flor, e me oferecia.

— E você gostou da flor?

— Sim. Mas ao tocá-la, acordei. Estava mais uma vez no mesmo lugar de sempre.
Sai dali às pressas, bati a areia da roupa e fui caminhando de volta pra casa.

— E por que estava apressada?

— Eu tinha que fazer o almoço das minhas três irmãs mais novas.

— E sua mãe?

— Quando cheguei, não encontrei ninguém... nem mesmo a casa! Naquele dia, minha avó surgiu do nada e me levou com ela... Eu não conhecia minha avó!

— Que história! E o que aconteceu?

— Derrubaram. Destruíram tudo! Lajedos também.

— E seu pai?

— Badaró? Minha avó falou que não sabia, mas cuidaria de mim. Não me lembro de muita coisa! Estava confusa!
Mayon alcançou uma flor dando de presente à amiga.

— Esta flor é parecida com a do sonho!

— É uma flor de Mandacaru. Ela se parece com você! Linda, forte e resistente.

— Você acha isso de mim?

É nesse momento que o garoto alcança a mão da amiga e a segura com força lhe passando confiança.

E Silhueta voltou para casa da avó de mãos dadas com o amigo. No caminho, passaram no rio, nadaram, brincaram com os peixes, e escreveram seus nomes na areia.

Ela buscava traduzir o que sentia, mas ele não entendia nada de sua linguagem, só do olhar. Enquanto tomava banho, jogavam água um no outro e se admiravam.

A LIBERDADE

A tarde transcorreu agitada, pois anoitecia rapidamente e eles tinham que voltar. Caso contrário, a mãe ficaria preocupada e a avó da menina enfurecida.

Os dois chegaram ao vilarejo conversando felizes e tímidos.

— Quando estou em perigo, existe alguma coisa em mim que ainda não sei explicar.

— Estranho isso que você está falando!

— Também acho! Mas vamos mudar de assunto, tenho uma surpresa para você.

— Qual?

— Vá domingo almoçar na minha casa! E leve sua avó.

Depois de chegar a sua casa e de se explicar, pediu desculpas a mãe e que caprichasse no almoço de domingo. No dia seguinte, acordou meio atordoado. Ficou pensando na tarde de ontem, sem saber se o que viveu foi certo ou errado, bom ou ruim, se foi real ou ilusão, saberia mais tarde quando Silhueta viesse ao almoço.

Foi ao guarda-roupa da mãe. Queria ver mais uma vez o presente que daria a Silhueta na hora do almoço. Ficou surpreso, não estava no lugar onde tinha deixado.

— Mãe! — gritou desesperado.

A mãe soltou tudo o que estava fazendo e veio socorrer o filho, achando que tinha se acidentado.

Abria a porta do quarto e se deparava com o guarda-roupa desarrumado.

— A caixa sumiu! As tranças sumiram. Você não devia ter feito isso, eu precisava dessa caixa com as traças e a senhora sabia disso!

— Eu sei meu filho, eu providenciei um tratamento para essa pessoa receber, já que se tratava de um cabelo tão especial. Na hora marcada, Benny trará as tranças de volta.

Meia hora mais tarde, chegou Silhueta e sua avó. As mulheres foram à cozinha para poder arrumar a mesa.

— Macarronada é o prato preferido da minha neta!

A campainha toca. O cabeleireiro entra com a caixa e entrega a Mayon, que, por sua vez, passa para as mãos de Silhueta.

— Abre! É sua.

O PRESENTE

Ela, sem saber do que se tratava, ficou surpresa! Não conteve o choro.

Ela se levantou e abraçou forte o amigo.

— Obrigada, muito obrigada.

Naquele momento, Benny, o cabeleireiro, pega Silhueta pelo braço e a leva até o quarto para fazer a transformação, que só um bom profissional faria.

Os minutos se passavam. Trinta, quarenta, cinquenta minutos. Mayon andava de um lado para outro, impaciente. Benny abriu a porta depois de uma hora e trouxe Silhueta.

— Tambores tocando! — grita o cabeleireiro mesmo sem tambores na casa. Todos estavam ansiosos.

— As tranças do menino ficaram perfeitas na cabeça da menina!— elogiava Benny, sorrindo alto e aplaudindo!

Silhueta vai à sala feliz e se olha no espelho, estava como "Narciso" quando viu sua imagem refletida pela primeira vez no espelho d'água.

— Eu estou linda! — falava Silhueta a todos.

— Está! — um eco de vozes, ao mesmo tempo, soava na sala.

Após o almoço, Mayon acompanhava as duas, avó e neta, de volta para a casa.

A CARTA

Mayon vai até uma gaveta de um móvel na sala, pega um papel e uma caneta. Escreve uma carta por horas. Pensativo.

Dizia a carta:

"Minha menina, agora mais linda"! Não fique chateada, vou resolver com o meu tio uns problemas pendentes! Logo voltarei com novas surpresas! Eu pensei muito sobre você e queria muito poder te ajudar. Vou sentir saudades das conversas, das brincadeiras e do banho no rio.

A carta também continha um poema no final.

Minha doce menina

Teu olhar é encantador

Teu sorriso é primavera

Um jardim cheio de flor

Cantam pássaros e passarinhos
Habita nele o nosso amor
Suas tranças são perfeitas
Como o colibri e o beija flor.

Tem um coração grandioso
Que se completa com o meu
Tem Meu abraço em seu abraço
Como Julieta e Romeu

Nesse imenso caminho
Brinco com as cores do infinito
Com o vento e com o tempo
Com você tudo é mais bonito.

Mayon Militão.

A INVESTIGAÇÃO

O dia amanheceu já fazendo muito calor. Tio Bernardo verificou a água do carro, calibrou os pneus. Tinham que pegar a estrada antes de esquentar o sol. Precisavam chegar cedo à cidade natal de silhueta.

Já estava perto de meio-dia quando chegaram ao lugar. Ali, eles se informaram sobre a família dela. Não se conheciam ninguém com o nome de Badaró, mas conheciam Lajedos, uma comunidade mais adiante esquecida no meio do nada, um local tomado pelas águas de uma represa.

Um homem idoso que abria uma cancela para o carro passar falou:

— Conheci um homem muito pobre que por onde ele passava deixava um de seus doze filhos. Não lembro o nome dele.

Mayon investigou incansavelmente e descobriu que este homem se tratava do pai de Silhueta.

— Acontecia muito disso por aqui, meu sobrinho! Quando a família era grande, às vezes os pais davam seus filhos para quem tinha posses para terminar de criar. Hoje, isso é ilegal. Mas antigamente era comum! Assim como Silhueta, eu também fui adotado.

O Retorno

A mãe ficou arrasada com as informações e pedia segredo da tal descoberta.

Não tinha nada a fazer, a não ser ficar quieto.

E para contar sobre a viagem, Mayon foi à casa de Silhueta fazer um convite.

Bateu à porta, esperou um pouco, bateu de novo. De fora, ouviu as pisadas de alguém se aproximando da porta e subindo as venezianas. Era ela. Abriu cuidadosamente, para não ranger no chão e acordar a avó com o barulho da dobradiça.

— Oi, Mayon!
— Aceita tomar um sorvete?
— Sim, aceito com uma condição!
— Qual?
— Contar como aprendeu a escrever tão bem poesia!

Saíram, mas ao atravessar a rua, o imprevisível acontece.

Dão de cara com Casmurro.

(...)

Dizem que houve um enfretamento entre os dois.

Dizem até que, depois disso, Mayon e seu tio saíram em outra missão mundo a fora. E, por onde passavam, dava-se um jeito de proteger quem estava em perigo.

Dizem que ele vive bem próximo de nós e todos podem encontrá-lo, se quiser.

(...)

Quanto às tranças do menino, cresceram perfeitas na cabeça da menina.

Saldanha Diógenes é professor de Língua Portuguesa e Literatura, poeta e escritor. Nasceu na divisa dos municípios Jaguaribe e Jaguaribara no Ceará. Mora em Fortaleza há 40 anos. É graduado e pós-graduado pela Universidade Estadual do Ceará (UECE) no curso de Licenciatura em Letras Português. Foi na disciplina de Literatura Infantojuvenil que descobriu o desejo de escrever um livro. No ano seguinte, após ter finalizado a matéria, iniciou um projeto de publicar uma coletânea. E publicou, pela Amazon, Contos de Alpendre, e, por fim, seu sonho se torna realidade com esta publicação: um livro destinado ao público infantil, batizado de "O menino de tranças".